www.ingramcontent.com/pod-product-compliance
Lightning Source LLC
LaVergne TN
LVHW050826051026
849532LV00008B/3145
* 9 7 8 9 3 6 9 0 8 6 4 5 0 *

تین چہرے ایک سوال

(ناولٹ)

کشمیری لال ذاکر

Teen Chehre aik Sawal *(Novelette)*
by: Kashmiri Lal Zakir
Edition: January '2025
Publisher :
Taemeer Publications LLC (Michigan, USA / Hyderabad, India)

ISBN 978-93-6908-645-0
9 789369 086450

کتاب	:	**تین چہرے ایک سوال** (ناولٹ)
مصنف	:	**کشمیری لال ذاکر**
صنف	:	فکشن
ناشر	:	تعمیر پبلی کیشنز (حیدرآباد، انڈیا)
سالِ اشاعت	:	۲۰۲۵ء
صفحات	:	۴۰
سرورق ڈیزائن	:	تعمیر ویب ڈیزائن

اُن معصوم چہروں کے نام

جنھیں ایک حسین مستقبل کا انتظار ہے

تین چہرے ایک سوال

سوچیے تو

لگتا ہے کہ ترقی کے اس دور میں جب انسان دھرتی سے کروڑوں کیلومیٹر دور کے ستاروں میں چھپے رازوں کو جاننے کے لیے نت نئے تجربے کر رہا ہے، ان چھوٹے چھوٹے مسئلوں سے غافل ہے جو اس کے آس پاس جیتے ہوئے لوگوں کو ہر روز پیش آتے ہیں۔ اسے چاند، شکر، منگل کی سطحوں پر بیٹھے ہوئے چھوٹے سے چھوٹے دھبے تو نظر آجاتے ہیں لیکن اس کا دھیان ان بڑے بڑے داغوں کی طرف نہیں جاتا جو انسانیت کے ماتھے پر خود اس کے آنگن کے پار، کلنک کی طرح سلگ رہے ہیں۔ انسان کی بدقسمتی شاید یہی ہے کہ وہ اپنے ارد گرد پھیلے دکھوں کا علاج نہ کرے اور اپنے سے کروڑوں میل دور فضائی خلا میں سربستہ رازوں کو کریدتا رہے۔ وہ افق پر لکھی باریک عبارتوں کو بڑی ہی طاقت ور دوربینوں کی مدد سے تو پڑھ لیتا ہے لیکن ان جلتے ہوئے سوالوں کو نہیں دیکھتا جو اس کے قریب رہنے والے معصوم اور پیارے لوگوں کے چہروں پر شوخ حروف میں مرتسم ہیں۔ کیا انسان کی تقدیر یہی ہے کہ وہ جنتوں کی تخلیق کرتا رہے لیکن رہے گندی جھگیوں اور سڑاند بھری جھونپڑیوں میں؟

بس یہی سوال ہے جو میری اس طویل کہانی میں تین معصوم بچے ہم سب سے پوچھتے ہیں۔ ان کے اس سوال میں ان جیسے لاکھوں دوسرے معصوم بچوں کا درد بھی شامل ہے جو ان کے بھوکے پیاسے ہونٹوں پر گرم راکھ کی طرح تہہ در تہہ جم رہا ہے۔ رام دکھ.

۸

گولڈی اور جھمکو احتیاج، غربت اور محرومی کی ماری اس نئی نسل کی بھیڑ کے نمائندے ہیں جو اپنے لیے ایک خوش گوار اور خوبصورت مستقبل کا حق ہم سے مانگ رہے ہیں۔ ہم کب تک اس بھیڑ کو اس کے حق سے محروم رکھیں گے؟ یہی پوچھ رہے ہیں وہ ہم سے۔ ہم آخر کب تک ان کی آواز کو نظر انداز کرتے رہیں گے؟ کب تک ہم ایسا کر سکیں گے؟ یہی ایک بات ہے جس کی طرف میں نے اس اکثریت کا دھیان دلانے کی کوشش کی ہے جو اقلیتوں کے جاں بلب جسموں پر اپنے نظام کی فلک بوس عمارت کی تعمیر میں مصروف ہے!

میرے پیارے، معصوم اور محروم بچوں کے لیے آج کے دن کوئی سانتا کلاز کہیں سے آکر ایک روشن اور خوش گوار مستقبل کا تحفہ دے جائے۔ کاش!!

چنڈی گڑھ
۲۵ر دسمبر ۱۹۸۰ء

کشمیری لال ذاکر

پہلا چہرہ رام سکھ کا ہے

اپنے بچوں کے بعد ہر صبح جو پہلا چہرہ مجھے نظر آتا ہے وہ رام سکھ کا چہرہ ہے۔ رام سکھ دراصل چندر کانت کا لڑکا ہے۔ چندر کانت میرے محلے کا دھوبی ہے۔ کوئی دو برس ہوئے جب اس محلّہ میں کام کرنے والا پہلی دھوبی اپنے گھریلو جھگڑوں کی وجہ سے اپنا اڈّا چھوڑ کر چلا گیا تھا اور جانے سے پہلے اور آس پاس کے گھروں سے اپنا حساب چکتا کرنے کے بعد اس نے اپنا اڈّہ دو سو روپے میں

۱۰

چندر کانت کو بیچ دیا تھا۔ اس دو سو روپے میں استری کرنے والی پرانی میز اس پر بچھانے کے لیے ایک پرانا کمبل اور لوہے کی بڑی سی پریس کے ساتھ اس اڈے کی پگڑی بھی شامل تھی۔ چندر کانت کہاں سے آیا تھا اور اس سے پہلے وہ شہر کے کس حصہ میں لوگوں کے کپڑے استری کرتا تھا، یہ مجھے معلوم نہیں۔ میرے خیال میں اس کے بارے میں محلے کے کسی بھی آدمی کو معلوم نہیں تھا۔ ہم سب کو پہلے دھوبی کے چلے جانے کا افسوس تھا کیوں کہ وہ بڑا ہی شریف آدمی تھا اور بڑی محنت سے کپڑے پریس کرتا تھا۔ جانے سے پہلے وہ چندر کانت کو محلے کے کچھ گھروں میں لے گیا، جہاں سے اسے زیادہ کام ملتا تھا۔ وہ اسے میرے گھر میں بھی لے کر آیا میں اُس سمے باہر لان میں بیٹھا اخبار پڑھ رہا تھا۔

"نمستے حجور!"

آواز سُن کر میں نے اخبار سے نظریں ہٹائیں۔

"تو تم جا رہے ہو؟"

"جانا تو نہیں چاہتا تھا لیکن میرے گھر کے حالات اچانک بدل گئے ہیں۔"

"بھئی ہمیں تو تمھارے جانے کا افسوس ہے۔"

"وہ تو مجھے بھی ہے حجور۔"

"یہ کون ہے؟" میں نے اس کے ساتھ کھڑے دوسرے آدمی کی طرف اشارہ کیا۔

"یہ نیا دھوبی ہے۔ میں نے اپنا اڈا اس کو بیچ دیا ہے۔"

"کیا نام ہے تمھارا؟" میں نے پوچھا۔

"چندر کانت حجور!"

"کہاں کے رہنے والے ہو؟"

"اتر پردیش کے ایک گاؤں کا حجور۔"

۱۱

"کون سا ضلع ہے تمھارا؟"

"گورکھپور ہجور۔"

اور پھر میں نے اُس کے ساتھ اس کا بازو تھامے ہوئے سات آٹھ سال کے بچے کی طرف دیکھا۔

"تمھارا لڑکا ہے؟"

"ہجور!"

"کیا نام ہے اس کا؟"

"رام سُکھ ہجور!"

"تمھارے ہی ساتھ رہتا ہے۔"

"ہاں جی۔ گھر والی اور دو بچے گاؤں میں ہیں۔"

"کیا کرتا ہے تمھارا لڑکا؟"

"میرے ساتھ کام کرتا ہے۔"

"یہ بیچارہ کیا کام کرتا ہوگا۔ یہ تو بہت چھوٹا ہے۔"

"اُوپر کا کام کر دیتا ہے ہجُور۔"

"سکول نہیں جاتا؟"

"گاؤں کے سکول میں ایک سال گیا تھا۔ پھر جانا چھوڑ دیا۔"

"کیوں؟"

"ماسٹر بہت پٹائی کرتا تھا ہجُور۔"

"تو تم نے اسکول سے ہی اُٹھا لیا اِسے؟"

"میں تو ہجور گاؤں میں رہتا نہیں تھا۔ گھر والی ہی تھی۔ اس نے بہت سمجھایا لیکن یہ ماسٹر سے اتنا ڈر گیا کہ اسکول کے نام ہی سے رونے لگتا تھا۔"

"تم نے تو بچے کی زندگی خراب کر دی چندر کانت۔"

"پڑھ لکھ کر بھی تو اس نے کپڑے ہی استری کرنے تھے۔ ابھی کام میں لگ جائے گا

تو کچھ سیکھ جائے گا۔"

اس طرح کی کچھ اور بھی گفتگو ہوئی تھی میری چندر کانت سے۔ پُرانا دھوبی جانے کو بے چین ہو رہا تھا اور رام سُکھ نے اپنے باپ کے بازو کو اور بھی مضبوطی سے پکڑ لیا تھا۔ اس پر میری گفتگو کا شاید یہ اثر ہوا تھا کہ وہ اپنے آپ کو غیر محفوظ سمجھنے لگا تھا اور تحفظ کے جذبے کے تحت وہ اپنے باپ سے اور بھی زیادہ چمٹ گیا تھا۔

ایک ڈرا ہوا، سہما ہوا، اُداس اور معصوم چہرہ!

بس یہ تھا رام سُکھ، ہمارے محلّے کے نئے دھوبی چندر کانت کا لڑکا۔ جو اَب اس محلّے میں رہنے والے لوگوں کے کپڑے استری کرنے میں اپنے باپ کی مدد کیا کرے گا۔

اُس کے چلے جانے کے بعد بھی اُس کا چہرہ میری نظروں کے سامنے گھومتا رہا۔ جب میں نے دوبارہ اخبار کو اپنے سامنے کھول کر اُس پر دھیان لگانے کی کوشش کی تو لگا اخبار کے سارے صفحے پر ایک ڈرا ہوا اُداس چہرہ پھیل گیا تھا اور اُس چہرے کے ماتھے پر ایک بہت بڑا سوالیہ نشان تھا۔ اُس کے بعد میرے لیے رام سُکھ کی حیثیت صرف ایک سوالیہ نشان بن کے رہ گئی۔

ہر صبح جب میں برآمدے کی چھوٹی چھوٹی سیڑھیاں اُتر کر لان میں جاتا ہوں تو اُس سمے وہ سوالیہ نشان میرے سامنے آن کر کھڑا ہو جاتا ہے۔

اپنی دونوں باہیں پھیلائے اور ہاتھوں کی ہتھیلیوں پر استری کیے ہوئے کپڑے رکھے رام سُکھ آ جاتا ہے۔

"نمستے صاب!"

"نمستے رام سُکھ، کیسے ہو؟"

"اچھا ہوں صاب۔"

"چندر کانت کیسا ہے؟"

"ابھی کھاٹ پر پڑا ہے صاب۔"

سامنے کے گھر کے سامنے والا برآمدہ ہی چندر کانت اور رام سُکھ کا گھر ہے۔

۱۳

دراصل یہ سرکاری مکان ہے۔ جس سرکاری کرمچاری کو یہ مکان الاٹ ہوا ہے وہ خود اس میں نہیں رہتا۔ اُس نے صرف قبضے کی خاطر ایک کمرہ بند کر رکھا ہے، اور باقی تمام حصہ اپنے کسی رشتہ دار کو کرائے پر اُٹھا رکھا ہے۔ اُس رشتے دار نے بیس روپے مہینے پر باہر والا برآمدہ جسے وہ خود استعمال نہیں کرتا پہلے والے دھوبی کو دے رکھا تھا۔ اُس نے اپنا اڈہ بیچتے ہوئے پگڑی کی جو رقم چندر کانت سے لی تھی اُس میں برآمدہ بھی شامل تھا۔ چندر کانت اور اُس کا بیٹا اس برآمدے میں کپڑے بھی پریس کرتے ہیں اور یہیں سوتے بھی ہیں۔ برآمدے کے آگے جو تھوڑی سی جگہ خالی پڑی ہے اس میں انھوں نے اینٹوں کا چولھا بنا رکھا ہے۔ اس چولھے پر وہ اپنا کھانا بناتے ہیں۔ گلی میں سے گزرتے ہوئے اینٹوں کا وہ ویران چولھا کسی کو بھی نظر آسکتا ہے۔ جس کے قریب کچھ ادھ جلی لکڑیاں اور ایلومونیم کا ایک خالی پتیلا پڑا رہتا ہے۔ چندر کانت شاید نشہ کرتا ہے، اسی لیے صبح دیر تک کھاٹ پر پڑا رہتا ہے۔

رام سُکھ صبح سویرے پہلی شام کے پریس کیے کپڑوں کو گھروں میں بانٹنے جاتا ہے یہ اُس کا روز کا معمول ہے۔ اس معمول کے مطابق وہ ہمارے گھر بھی آتا ہے اور اُس سے قریب قریب ہر روز ایسی ہی گفتگو ہوتی ہے۔

گھر گھر استری کیے کپڑوں کو بانٹ کر وہ چولھا سُلگاتا ہے اور ایلومونیم کے ایک ہی گندے سے پتیلے میں چائے بنا کر اپنے باپ چندر کانت کو پلاتا ہے۔ چندر کانت کھاٹ سے اُٹھ کر بیٹھتے ہوئے بیڑی سُلگاتا ہے اور دیر تک کھانستا رہتا ہے۔ جتنی دیر میں وہ گلی کی پرلی نکڑ پر لگے پبلک ٹیپ پر سے نہا کر لوٹتا ہے، رام سُکھ گلی میں لوہے کی پریس میں کوئلے ڈال کر اُسے گرم کر دیتا ہے۔ میں نے جب بھی رام سُکھ کو سویرے سویرے چولھا سُلگاتے ہوئے اور پھر پریس گرم کرتے ہوئے دیکھا ہے اُس کی آنکھوں سے پانی ہی بہہ رہا ہوتا ہے۔ وہ پانی تو شاید دھوئیں کی وجہ سے ہوگا لیکن مجھے صبح سویرے ان معصوم اُداس آنکھوں میں پانی دیکھ کر بہت دُکھ ہوتا ہے۔ مجھے لگتا ہے رام سُکھ کے بچپن کی تمام اُمیدیں، اور خواب اور تمنّائیں پانی بن کر اُس کی

۱۴

آنکھوں سے بہتی جا رہی ہیں اور ایک دن ایسا آئے گا جب اُس کے پاس زندگی کی خوبصورتی کا کوئی تصور اور کوئی احساس ہی نہ رہے گا اور اُس کی آنکھیں ایک دم سُوکھ جائیں گی اور پھر اُسے اپنی تکلیف تو کیا کسی دوسرے کی بے پناہ تکلیف پر بہانے کے لیے دو آنسو بھی میسّر نہ ہو پائیں گے۔ یہ شاید اُس کی زندگی کا سب سے المناک پہلو ہوگا۔

شاید اتوار کا دن تھا۔

باہر گلی میں چندر کانت کے زور زور سے چلّانے کی آواز آرہی تھی۔ میں دروازہ کھول کر باہر نکلا۔ چندر کانت اپنے لڑکے رام سُکھ کو پیٹے جا رہا تھا اور گالیاں دیے جا رہا تھا۔ چندر کانت کیوں کہ کچھ کچھ تتلاتا ہے اس لیے اس کی گالیوں میں سُر تال کی عجیب سی کیفیت تھی۔ رام سُکھ مار کھائے جا رہا تھا۔ وہ اپنے بچاؤ کے لیے کبھی اپنا ہاتھ، کبھی بازو چہرے اور سر پر رکھنے کی کوشش کرتا تھا، اور اُس کی آنکھوں سے آنسو بہہ رہے تھے۔ دوپہر کا وقت تھا اور بچے سامنے والے کھُلے میدان میں چھوٹی چھوٹی ٹولیوں میں بنٹے کھیل رہے تھے۔ کچھ گلی ڈنڈا کھیل رہے تھے۔ کچھ کرکٹ کی پریکٹس کر رہے تھے اور چھوٹی عمر کے کچھ بچے قینچے کھیل رہے تھے۔

"چندر کانت! کیوں پیٹ رہے ہو بے چارے کو؟" میں نے کہا۔

چندر کانت نے اپنے لڑکے کو پیٹنا بند کر دیا۔ رام سُکھ بری طرح سِسک رہا تھا۔ اس کے گال پر چندر کانت کے بھرپور طمانچے کا نشان اُبھر رہا تھا۔ جہاں بھی اقتدار کا غلط استعمال ہوتا ہے ایسے ہی سُرخ سُرخ نشان اُبھرتے ہیں۔

"سالا قینچے کھیل رہا تھا حجور۔"

"تو کیا ہو گیا —— آخر بچہ ہے۔"

"نہیں حجور یہ بات نہیں۔"

"تو پھر کیا بات ہے؟"

"میں نے اسے ایک روپیہ دیا تھا کہ پریس کے لیے کوئلے لے آئے۔ آج اتوار کا

۱۵

دن ہے۔ گاہکوں کے کپڑے پریس کرنے کو پڑے ہیں۔"

"تو پھر ——؟"

"اس نے پچیس پیسے کے قینچے خرید لیے اور کھیلنے لگا۔"

"کوئلہ نہیں لایا ——؟"

"کوئلہ تو لے آیا تھا حجور۔"

"تم جاؤ رام سُکھ" —— میں نے رام سُکھ کو جانے کا اشارہ کیا۔ میں اب مزید بات اُس کے سامنے نہیں کرنا چاہتا تھا۔ رام سُکھ پریس کرنے والی میز کی طرف چلا گیا تو میں نے چندر کانت سے کہا۔

"تم رام سُکھ کو اُوپر کے کام کرنے کے بدلے میں کچھ دیتے ہو۔؟"

"صاب دو وقت کا کھانا، کپڑا میں ہی تو دیتا ہوں۔ اور کہاں سے لاتا ہے سالا۔"

"وہ جو کام میں تمھاری مدد کرتا ہے، یہ اس کے بدلے میں کہاں ہے۔ روٹی کپڑا تو تم اسے دوگے ہی، تمھارا بیٹا ہے۔ کبھی دس پیسے تم نے جیب خرچی کے بھی دیے ہیں؟"

"نہیں حجور۔"

"اس کا مطلب یہ ہوا کہ جو کچھ تم کماتے ہو اور جس میں رام سُکھ تمھاری مدد کرتا ہے، اس کے بدلے میں تو اسے تم کچھ نہیں دیتے۔"

"نہیں حجور۔"

"جو کچھ تم اسے دیتے ہو کیا یہ معصوم بچہ اُسی کے قابل ہے۔ گندی گندی گالیاں اور زوردار طمانچے ——؟"

چندر کانت نے میری بات کا جواب نہیں دیا۔ اس نے آنکھیں جھکا لیں مجھے لگا کہ وہ میری بات سمجھ تو رہا تھا لیکن وہ ذہنی طور پر قائل نہیں ہوا تھا۔ میں نے بات وہیں ختم کردی۔ چندر کانت اپنے پریس کے اڈے کی طرف مڑ گیا۔ رام سُکھ دور

۱۶

کھڑا ابھی تک اپنی آنکھیں پونچھ رہا تھا اور اپنا گال سہلا رہا تھا۔

اُس دن میرا موڈ بہت خراب رہا۔

پھر دو دن متواتر رام سُکھ صبح سویرے اپنے ہاتھوں پر پریس کیے کپڑے لے کر نہ آیا۔ چندر کانت ہی آیا تھا۔ مَیں نے بھی رام سُکھ کے بارے میں نہیں پوچھا۔ تیسرے دن جب چندر کانت خود ہی کپڑے لے کر آیا تو مَیں نے رام سُکھ کے بارے میں پوچھا۔

"تین دن سے بُکھار ہے رام سُکھ کو ہجور۔" اُس نے کہا۔

"کیا ہوا؟"

"ٹھنڈ کھا گیا ہجور۔"

"کوئی دوائی دی اُس کو؟"

"چائے میں تُلسی ڈال کر پلاتا ہوں۔"

"لیکن صرف تُلسی سے کیا ہوگا ——— ڈاکٹر کو دکھا کر دوائی لاؤ اس کے لیے بھائی۔"

"پیسے کہاں ہیں ہجور۔"؟

"چندر کانت نشہ کرنے کے لیے تمھارے پاس پیسے ہیں لیکن اپنے بیٹے کے علاج کے لیے تمھارے پاس رقم نہیں۔"

اس نے میری بات کا جواب نہیں دیا۔ خاموش کھڑا رہا۔ مَیں نے اسے پانچ روپے دیے اور کہا کہ وہ رام سُکھ کو ڈاکٹر کے پاس لے جائے۔ اُسی دن شام کو مجھے معلوم ہوا کہ رام سُکھ کو نمونیہ ہو گیا تھا۔ میری بیوی رتنا اُسے اُٹھوا کر اپنے گھر لے آئی اور باہر والے کمرے میں لٹا دیا جو کمرہ ہمارے نوکر کے نوکری چھوڑ کر چلے جانے سے خالی ہو گیا تھا۔ رام سُکھ کا علاج چندر کانت نے نہیں، میری بیوی نے کیا۔ چندر کانت نے تو اپنا اڈا بالکل نہیں چھوڑا۔ وہ سامنے والے گھر کے برآمدے میں سوتا رہا اور نشہ کرتا رہا اور کھاتا رہا۔ بس دن میں بیچ بیچ میں ہمارے گھر آ کر اپنے بیٹے کو دیکھ جاتا تھا۔

کوئی ہفتہ بھر کے بعد جب رام سُکھ ٹھیک ہو گیا تو میں نے محسوس کیا کہ اب اُس کا

17

من نہیں کرتا تھا کہ وہ دوبارہ اُسی برآمدے میں جائے جہاں وہ اب تک سوتا رہا تھا۔
"جب تک موسم نہیں کھُلتا تم یہیں سو جایا کرو رام سُکھ۔" رتنا نے جب اس سے یہ بات کہی تو رام سُکھ کا ستا ہوا چہرہ کھِل اُٹھا۔ جب سے رام سُکھ میرے ہی گھر میں سوتا ہے۔ صبح سویرے جب میں اُٹھتا ہوں تو وہ کمرے کے باہر خاموش کھڑا جانے کیا سوچ رہا ہوتا ہے۔

ایک دن میں نے رام سُکھ سے پوچھا۔

"رام سُکھ تمھیں اپنی ماں یاد نہیں آتی؟"

"آتی ہے جی!"

"اپنے چھوٹے بھائی بھی تمھیں یاد آتے ہیں؟"

"آتے ہیں جی۔"

"تمھارا چھوٹا بھائی اسکول جاتا ہے؟"

"نہیں جی!"

بیماری کے کارن کچھ دن ہمارے گھر میں رہنے سے اُس میں کم سے کم یہ تبدیلی تو آگئی تھی کہ اب وہ کسی بات کا جواب دیتے ہوئے جی ضرور کہتا تھا۔

"اسکول تمھارے گاؤں سے دُور ہے؟"

"جی نہیں ——— گاؤں میں ہے۔"

"تم نے بھی اسکول چھوڑ دیا تھا اور تمھارا چھوٹا بھائی بھی اسکول میں بھرتی نہیں ہوا۔ یہ تو اچھی بات نہیں۔"

"ماسٹر جی بہت پٹائی کرتے تھے۔ بہت بہت دیر تک مرغا بنائے رکھتے تھے۔ میں ڈر کے مارے اسکول سے بھاگ آیا۔"

"اسکول جاؤ گے۔ کہو تو تمھیں داخل کرا دیں؟"

"باپو کہتا ہے اسکول جا کر کیا کرو گے۔ اپنا کام سیکھو۔"

اس کے بعد میرے پاس رام سُکھ سے کہنے کی کوئی بات نہیں تھی۔ رام سُکھ کے باپ کے اس سوال کا جواب کہ وہ اسکول جا کر کیا کرے گا؟ بہت اہم تھا۔ اس کے طبقے سے تعلق رکھنے والا ہر باپ

۱۸

شاید اپنے لڑکے کے ذریعہ سماج کے ذمہ دار لوگوں سے یہی سوال کرتا ہے۔ اُن کے لیے تعلیم سے کہیں زیادہ ضروری روزی روٹی کا سوال ہے۔ کیا تعلیم انھیں دو وقت کی روٹی مہیا کر سکتی ہے؟ کیا تعلیم سے اُن کے وہ مسائل حل ہو سکتے ہیں جن کا سامنا انھیں دن رات کرنا ہوتا ہے۔؟

کچھ اور دن گزر گئے۔

رام سُکھ کی صحت اب بالکل ٹھیک ہو گئی ہے۔ اب وہ پھر اُسی برآمدے میں چلا گیا ہے جہاں اُس کا باپ نشہ کرنے کے بعد رات بھر کھانستا رہتا ہے اور جس کے سامنے وہ صبح سویرے کوئلوں کے دھوئیں میں آنکھیں ملتا ہوا اپنی لوہے کی پریس گرم کرتا ہے۔

مَیں جب اپنے گھر کے گیٹ سے نکل کر دفتر جاتا ہوں تو رام سُکھ اپنے باپ کے ساتھ کھڑا اُوپر کا کام کر رہا ہوتا ہے۔ اُس وقت مجھے وہ پانچ برس کا جیتا جاگتا لڑکا نہیں لگتا بلکہ ایک بہت بڑا سوالیہ نشان نظر آتا ہے، جو دھیرے دھیرے میرا پیچھا کرتا رہتا ہے۔ وہ گلی کی اس نکڑ تک سائے کی طرح میرا تعاقب کرتا رہتا ہے، جس کے بعد مَیں خود شہر کی بھیڑ کا ایک حصّہ بن کر کھو جاتا ہوں اور کچھ دیر کے لیے میرا اپنا وجود ختم ہو جاتا ہے۔ اُس وقت تک میں سماجی طور پر کچھ بھی نہیں رہتا جب تک کہ مَیں اپنے دفتر نہیں پہنچ جاتا اور جب تک میرے کمرے کے باہر بنچ پر بیٹھا چپراسی اپنی جگہ سے اُٹھ کر مجھے سلام نہیں کرتا اور کمرے کا دروازہ نہیں کھول دیتا۔

میرا چپراسی بھی اُسی طبقے کا ایک نمائندہ ہے جس طبقے کے افراد سماج کے ذمہ دار اور با اقتدار لوگوں سے یہ سوال کرتے ہیں کہ کیا تعلیم اُنھیں ان مسائل کا حل دے سکتی ہے جو دن رات اُن کی زندگیوں سے جونکوں کی طرح چپٹے اُن کا خون چوس رہے ہیں۔؟

○○

دوسرا چہرہ گولڈی کا ہے

یہ وہ لڑکا ہے جو میرے دفتر کی عمارت کے سامنے فٹ پاتھ پر بیٹھا بوٹ پالش کرتا ہے۔ میں اسے کوئی ایک برس سے دیکھ رہا ہوں، پچھلے کچھ مہینوں سے اس کے پاس ہی ایک اور چھوٹا سا لڑکا بیٹھتا ہے اور بوٹ پالش کرتا ہے۔ اس کا نام کالیا ہے۔ یہ اس کا اصلی نام ہے۔ گولڈی کا اصلی نام شنکر ہے۔ گولڈی نام تو اس نے خود رکھا ہے۔ جس دن اُس کا باپ اُسے فٹ پاتھ کی اس جگہ پر بٹھا کر گیا تھا، اس نے اپنا نام گولڈی رکھ لیا تھا۔

۲۰

دراصل گولڈی اور کالیا ایک ہی تصویر کے دو رُخ ہیں - احتیاج اور غریبی کی تصویر، ان دونوں چھوٹی عمر کے بچوں کے خدوخال ایک دوسرے میں مدغم کرنے سے ہی ایک مکمل اور واضح تصویر بنتی ہے - فٹ پاتھ پر پاس بیٹھے ہوئے یہ دونوں بھائی ایک عجیب سا تاثر پیش کرتے ہیں - لکڑی کی دو چھوٹی چھوٹی گھٹیا قسم کی چوکیوں پر بیٹھے ہوئے یہ سانولے سے لڑکے اپنے سامنے لکڑی کے دو چھوٹے چھوٹے بکسے رکھے ہوئے ہوتے ہیں، جن میں بڑھیا قسم کی ڈبیوں میں گھٹیا قسم کی پالش ہوتی ہے اور کریم کی شیشیاں ہوتی ہیں، جن میں کریم صرف ایک میں ہوتی ہے، باقی یا تو خالی ہوتی ہیں یا اُن میں رنگ بھرے ہوتے ہیں - تین چار بوٹ پالش کے بُرش پاس پڑے ہوتے ہیں - ایک آدھ بُرش نیا اور باقی سب پُرانے —— تھوڑے تھوڑے وقفے کے بعد دونوں بھائی اپنے بُرش پالش کے بکسوں پر مار کر فٹ پاتھ سے گزرنے والوں کی توجہ اپنی طرف کھینچنے کی کوشش کرتے ہیں، اور جب کوئی راہ گیر اُن کی طرف دیکھتا ہے تو دونوں بھائی مسکرا دیتے ہیں -

سال بھر پہلے گولڈی سے میری پہلی ملاقات اسی طرح ہوئی تھی -

مَیں ڈیڑھ سے دو بجے کے لنچ بریک میں دفتر سے باہر نکل کر سڑک پہ آ جاتا ہوں اور ادھر اُدھر ٹہلنے لگتا ہوں، کبھی کبھی دفتر کا بھی کوئی آدمی میرے ساتھ ہوتا ہے ورنہ عام طور پر اکیلا ہوتا ہوں - پٹری سے پھل بیچنے والوں سے پھل لے کر ٹہلتا بھی رہتا ہوں اور پھل بھی کھاتا رہتا ہوں - ذرا ہاتھ پاؤں کھُل جاتے ہیں اور دفتری زندگی کے ماحول سے بھی کچھ دیر کے لیے فراغت مل جاتی ہے - اسی طرح ٹہلتے ٹہلتے ایک دن جب مَیں گولڈی کے قریب سے گزرا تو اُس نے میری توجہ اپنی طرف کھینچنے کے لیے پالش والے لکڑی کے بکسے پر زور زور سے بُرش مارنا شروع کر دیا - جب مَیں نے گھوم کر اُس کی طرف دیکھا تو وہ مسکرا دیا - مجھے اس کی وہ بے لوث مسکراہٹ اچھی لگی -

"بابو جی، بوٹ پالش ہے" اُس نے ایک بار بُرش کو لکڑی کے بکسے پر مارتے ہوئے

کہا۔

میں رُک گیا۔ میں نے اپنے بوٹوں کی طرف دیکھا گرد بھی جمی تھی اور پالش کی چمک بھی کم ہو گئی تھی۔ میں اُس کے قریب آ گیا۔

"کتنے پیسے؟"

"کریم پالش کے پچاس پیسے۔"

"اور سادہ پالش کے؟"

"تیس پیسے۔"

"کریم پالش کر دو۔"

اُس نے مجھے اپنا پاؤں لکڑی کے بکسے پر بنے چھوٹے سے پائیدان پر رکھنے کو کہا اور پھر پالش کی ڈبی سے پالش نکال کر اُنگلی سے بُوٹ پر لگانے لگا۔

"بابوجی! بُوٹ کی ایڑی نکل رہی ہے۔ دو سٹار بھی لگوالیں۔"

"میں نے تمھیں پالش کرنے کو کہا ہے۔ جلدی کرو۔ لنچ بریک ختم ہونے والا ہے۔"

"آپ سامنے کے دفتر میں کام کرتے ہیں۔؟"

"ہاں۔"

"کیا کام کرتے ہیں؟"

"جھک مارتا ہوں، جلدی کرو گے یا میں جاؤں؟"

"جھک تو میں بھی مارتا ہوں —— پھر تو ——"

وہ اپنی بات کہتے ہوئے رُک گیا۔ غالباً وہ یہ کہنے والا تھا کہ پھر اُس کے کام میں اور میرے کام میں کوئی فرق نہیں تھا، اور ہم دونوں کی برادری ایک ہی تھی۔

"تم بہت باتونی ہو۔"

"میرا باتیں کرنے کو من کرتا ہے بابوجی۔"

"کیا نام ہے تمھارا؟"

"گولڈی۔"

"نام تو بہت پیارا ہے۔"

"یہ نام تو میں نے خود رکھا ہے۔ اصلی نام تو سنکر ہے۔"

اور اس گفتگو میں مجھے یہ بھی نہ معلوم ہوا کہ کب میں نے پہلا پاؤں پائیدان سے ہٹایا تھا اور اس کی جگہ دوسرا پاؤں رکھا تھا اور کب اس نے دونوں بوٹوں پر پالش کرنے کے بعد ان پر کپڑا رگڑنا شروع کر دیا تھا۔ جب اس نے اپنا برش ایک بار پھر لکڑی کے بکسے پر مارا تو مجھے معلوم ہوا کہ وہ بوٹ پالش کر بھی چکا تھا۔ میں نے اسے پچاس پیسے دیے تو اس نے دس پیسے واپس کر دیے۔

"دس پیسے واپس کیوں کر دیے ہیں؟"

"میں سامنے کے دفتر میں کام کرنے والوں سے پالش کے دس پیسے کم لیتا ہوں۔"

"کیوں۔؟"

"وہ میرے محلے دار ہیں۔"

اس کی بات سن کر میں ہنس دیا۔

"تم بہت مزیدار باتیں کرتے ہو۔"

"بابو جی! مجا ہی جندگی ہے۔"

میں نے مسکراتے ہوئے اس کی بات سنی اور پھر اپنے دفتر کی عمارت کی طرف بڑھ گیا گولڈی کے الفاظ میرے ذہن میں گونجتے رہے۔ وہ غریب لڑکا بھی زندگی کے بارے میں اپنا ایک نظریہ رکھتا تھا۔ ایک بڑا روشن نظریہ۔

یہ گولڈی سے میری پہلی ملاقات تھی۔

اس کے بعد ہفتے میں دو بار، اور کبھی کبھی تین بار بھی اس سے ملاقات ہو جاتی تھی۔

ہر بار بوٹ پالش کرتے ہوئے وہ کوئی نہ کوئی مزے دار بات سناتا تھا۔

ایک بار بوٹ پالش کرتے ہوئے اس نے پوچھا۔

"بابو جی! آپ پکچر دیکھتے ہیں؟"

"بہت کم دیکھتا ہوں۔"

۲۳

"میں تو ہفتے میں ایک پکچر ضرور دیکھتا ہوں۔ تین چار ٹکٹیں خرید لیتا ہوں انھیں بلیک میں بیچ دیتا ہوں۔ اپنی پکچر پھوکٹ میں پڑجاتی ہے۔"

"تو تم ٹکٹوں کی بلیک کرتے ہو؟"

"گھی، کھانڈ اور مٹی کا تیل بلیک میں بیچنے والوں سے تو اچھا ہوں بابوجی۔!"

"کیسے اچھے ہو؟"

"وہ گریب آدمیوں کو دھوکا دیتے ہیں۔"

"اور تم؟"

"میں ان لوگوں کو جندگی کا مجا بچتا ہوں، جو بیچارے قطار میں کھڑے دکھی ہو کر جانے لگتے ہیں"۔

"پولیس والوں نے پٹائی نہیں کی کبھی تمھاری؟"

"ان کو بھی جندگی کا مجا چاہیئے۔ وہ بھی قطار میں کھڑا نہیں ہونا چاہتے۔"

اُس نے بوٹ پر زور زور سے کپڑا رگڑتے ہوئے اپنی بات جاری رکھی اور کہا۔

"بات یہ ہے بابوجی! قطار میں کھڑا ہونا کوئی بھی نہیں چاہتا۔ بس کے لیئے سینما کے لیے، راشن کے لیے، ترقی کے لیے، سب قطار کاٹ کر آگے نکلنا چاہتے ہیں۔"

"ٹھیک کہہ رہے ہو تم۔ سبھی قطار کاٹ کر آگے نکلنا چاہتے ہیں۔"

"لیکن میں جب یہ بات اپنے باپ سے کہتا ہوں تو وہ مجھے گالیاں دیتا ہے۔ میرے پیدا ہونے سے پہلے وہ کمیٹی میں جمعدار بھرتی ہوا تھا، آج بھی وہ جمعدار ہی ہے۔ اس کے ساتھ والے قطار کاٹ کر آگے نکل گئے اور وہ اب تک اپنے ہاتھ میں لمبے سے بانس کے ساتھ جُڑا ہوا جھاڑو ہاتھ میں پکڑے وہیں کھڑا ہے۔"

"کہاں؟" میں نے پوچھا۔

"وہیں کمیٹی کے دفتر کے سامنے۔ اُس کا نام لکھا ہے۔ جب چاہو، دیکھ لو۔"

اور ایک دن جب مجھے دفتر جانے میں دیر ہو گئی، تو میں کمیٹی کے دفتر کے سامنے سے ہو کر گزرا۔ کمیٹی کا دفتر آج بھی ویسی ہی کس مپرسی کی حالت میں تھا جیسا کہ کئی برس پہلے تھا۔ پیلے رنگ کی پُرانی سی عمارت، جس کے گیٹ کا اُکھڑا ہوا ایک حصّہ پوری

طرح گھستا تھا، بند ہی ہوتا تھا بس ایک جگہ پڑا پڑا گر اٹک گیا تھا۔ اور جانے کب سے وہیں اٹکا پڑا تھا۔
اس گیٹ کے باہر سڑک کے کنارے پر نیم کے درخت کی چھدری چھدری چھاؤں میں ایک آدمی اپنے ہاتھ میں ایک لمبی سی جھاڑو کو تھامے بیٹھا بیڑی پی رہا تھا۔ جس کی داڑھی اور سر کے بال کھچڑی ہو رہے تھے اور وہ خاکی رنگ کی میلی سی وردی پہنے اپنے آپ میں مست بیڑی کے کش لگا رہا تھا۔

"تمہارا نام دکھیا ہے؟" میں نے اس کے قریب جا کر پوچھا۔

"ہاں جی!"

"تم کمیٹی میں کام کرتے ہو؟"

"جی۔"

"کب سے کام کر رہے ہو؟"

"دس برس ہو گئے۔"

"کہاں رہتے ہو؟"

"کمیٹی کے کوارٹروں میں۔"

"تمہارے کتنے بچے ہیں؟"

"آپ کیوں پوچھ رہے ہیں اتنی باتیں؟" دکھیا نے بیڑی پھینک دی اور اٹھ کر کھڑا ہو گیا۔

"ویسے ہی پوچھ رہا ہوں۔"

"مجھے سوال پوچھنے والوں سے بہت ڈر لگتا ہے۔"

"کیوں؟"

"وہ صرف سوال کرتے ہیں جواب نہیں دیتے۔ میرا لڑکا بھی مجھ سے بہت سوال کرتا ہے۔"

"تمہارے لڑکے کا نام گولڈی ہے؟"

"نام تو سنکر ہے، مگر اسے یہ نام پسند نہیں۔"

"گولڈی تو اچھا نام ہے۔"

"آپ کیسے جانتے ہیں اس کو؟"

"تو لڑکی میرا دوست ہے۔"

"آپ کیوں مذاک کرتے ہیں مجھ سے؟"

"سچ مچ تمھارا لڑکا میرا دوست ہے۔ میں روز ملتا ہوں اُس سے۔ اُسی نے تو مجھے تمھارا نام بتایا تھا۔ تمھارے اور کتنے بچے ہیں؟"

"ایک لڑکی اور ایک لڑکا۔ لڑکی کی سادی کی چکر میں ہوں، لڑکا لنگڑا ہے۔"

"وہ بچپن سے ہی ایسا ہے؟"

"بخار میں ہوا لگ گئی تھی۔ ایک ٹانگ ماری گئی ہے۔"

"کیا عمر ہے اُس کی؟"

"سنکر سے دو سال کم ہے۔"

"وہ کیا کرتا ہے؟"

"کچھ نہیں کرتا بابوجی۔ اس کو بھی اب سنکر کے ساتھ بٹھاؤں گا، چار پیسے کما لے گا۔"

"اسے تم اسکول میں داخل کیوں نہیں کراتے؟"

"کیا کرے گا سکول جاکر۔؟"

"پڑھ لکھ جائے گا، کہیں ڈھنگ کی نوکری مل جائے گی۔"

"نوکری تو نہیں ملے گی، لیکن بگڑ ضرور جائے گا۔"

"وہ بگڑے گا کیوں دُکھیا؟"

"سنکر سُسرا تو بنا پڑھے ہی بگڑ رہا ہے۔"

"کیسے بگڑ رہا ہے؟"

"بُری بُری عادتیں پڑ گئی ہیں۔"

"پیسے تو کما کر گھر ہی لاتا ہے نا؟" میں نے پوچھا۔

"کیا پتہ کتنا کماتا ہے۔ جو گھر میں دیتا ہے لے لیتے ہیں۔ لڑکی کی سادی ہو جائے تو پاپ کٹے۔"

دُکھیا سے بات کرنے کے بعد جب میں دفتر جانے کے لیے بس میں بیٹھا تو دماغ میں

۲۶

عجیب کشمکش تھی۔ باپ لڑکے سے تنگ تھا اور لڑکا باپ سے۔ دونوں کو ایک دوسرے کی نیک نیتی پر شبہ تھا۔

کچھ عرصے کے بعد ایک دن میں نے گولڈی کے ساتھ ایک اور لڑکے کو بیٹھے ہوئے دیکھا۔ بیٹھنے کے لیے اُسی قسم کی چھوٹی سی چوکی۔ پالش کا ویسا ہی بکسا۔ اُسی طرح کی پالش کی ڈبیاں اور شیشیاں اور اُسی طرح کے بُرش۔

پاس سے گزرا تو اس نئے چھوکرے نے بھی پالش کا بُرش زور سے بکسے پر مارا۔ میں رُک گیا۔

"نمستے بابو جی!" گولڈی مسکرایا۔

"نمستے، کہو کیسے ہو؟"

"اچھا ہوں۔ آج سے میرا بھائی کالیا بھی میرے ساتھ کام کرے گا۔"

"یہی ہے تمھارا بھائی؟"

"جی!"

میں نے اس معصوم بچے کے چہرے کی طرف دیکھا۔ لگا کہ پولیو کا مارا ہوا ایک معصوم بچہ بھی محنت مزدوری کرنے والوں کی ان گنت بھیڑ میں شامل ہو گیا تھا۔ ایک اور بچہ زندگی کے دھارے سے کٹ کر مزدوری اور مشقت کے ایک ویران جزیرے میں آ گرا تھا۔ کالیا کو دیکھ کر مجھے افسوس ہوا۔ کھیلنے اور پڑھنے کی عمر سے رشتہ توڑ کر اس نے مجبوری کا جو یہ نیا بندھن اپنی مرضی سے قبول کر لیا تھا، اس کے پیچھے کتنی افسوس ناک وجوہات تھیں۔ یہ اپاہج لڑکا زندگی کی اتنی کٹھن دوڑ میں کیسے شامل ہو سکے گا؟

ایک دن لنچ بریک کے وقت میں گولڈی اور کالیا سے باتیں کرنے لگا۔ بھارت توخیر بوٹ پالش کا ہی تھا۔ پالش گولڈی کے بجائے کالیا کر رہا تھا۔

"گولڈی! کیا تمھارے من میں کبھی یہ خیال نہیں آتا کہ تم بھی اپنی عمر کے بچوں کی طرح سکول جاؤ۔ پڑھو لکھو بھی اور کھیلو کودو بھی۔"

"من تو کرتا ہے بابو جی۔ لیکن پرابلم لفڑا ہے۔" وہ فلمی زبان میں بات کر رہا تھا۔

"کیا لفڑا ہے؟"

۲۷

"ایک تو میری عمر زیادہ ہو گئی ہے۔ اسکول میں داخلہ نہیں ملے گا۔ دوسری بات یہ کہ میری بہن کی شادی ہونی ہے۔"

"شادی میں کیا دقت ہے؟"

"پیسہ۔ بابو جی۔" اس نے دائیں ہاتھ کے انگوٹھے اور ایک انگلی کو آپس میں ٹکا کر بجایا۔

"بوٹ پالش کر کے پیسہ جوڑ رہا ہوں۔ اب کالیا کو بھی کام پر لگایا ہے۔ پیسہ اکٹھا ہو جائے تو بہن کی شادی کر دیں۔"

"تو تم پیسے ضایع نہیں کرتے؟"

"جو کماتا ہوں، گھر میں دے دیتا ہوں۔ سینما اور بیڑی تو پکچر کی ٹکٹوں سے چل جاتا ہے۔"

"بلیک والی ٹکٹوں سے؟"

"ہاں بابو جی! میرے پاس آج بھی دو ٹکٹیں بچا لی ہیں، پکچر دیکھنی ہو تو مجھ سے ٹکٹ لے لیں۔"

"بلیک میں؟"

"نہیں۔ ٹھیک دام پر۔"

"مَیں پکچر دیکھتا ہی نہیں۔" مَیں نے کہا۔

"اتنے میں کالیا نے میرے بوٹ پالش کر کے مجھے فارغ کر دیا۔ پیسے دینے کے بعد میں پھر رُک گیا۔

"تو تم پڑھنا نہیں چاہتے؟"

"چاہتا ہوں بابو جی!"

"پھر؟"

"بہن کی شادی کے بعد کالیا کو اسکول میں بھرتی کرا دوں گا۔ کیوں کالیا بادشاہ! پڑھو گے اسکول میں؟"

"ہاں!" کالیا نے مسکرا کر کہا۔

"بس کالیا کو اسکول میں داخل کراؤں گا۔ جب پڑھ لکھ جائے گا تو آپ اسے اپنے

دفتر میں نوکری دے دینا ۔"

"دے دیں گے ۔"

"پرامز!"

یہ کہتے ہوئے گولڈی نے بنا کسی جھجک کے اپنا ہاتھ میرے ہاتھ میں دے دیا تھا۔ مجھے لگا وہ مجبور، بے کس اور غریب لڑکا مجھے بہت بڑا وشواس دے رہا تھا۔

کچھ ہی دنوں میں پولیو کا شکار کالیا بھی پالش کے دھندے میں اس طرح اُلجھ گیا کہ وہ بھی سینما کی ٹکٹوں کی بلیک کی باتیں کرنے لگا اور ادھ جلی بیڑیاں پینے لگا۔ اور اُس لمبی قطار سے باہر نکلنے کی بات سوچنے لگا جس قطار میں اُس کا باپ دُکھیا کئی برسوں سے کھڑا تھا۔

اور اب دفتر آتے ہوئے اور لنچ بریک میں دفتر سے نکل کر نٹ پاتھ پر بیٹھے ان دونوں بھائیوں کو زندگی کے نارمل دھارے سے کٹ کر منجدھار میں ہاتھ پاؤں مارتے دیکھتا ہوں تو مجھے بہت دُکھ ہوتا ہے۔ وہی سوال جو جیندر کانت دھوبی کے لڑکے رام سُکھ کے چہرے پر لکھا ہے، لگ بھگ ویسی ہی عبارت دُکھیا جمعدار کے بیٹے گولڈی اور کالیا کے چہرے پر بھی اُبھرتی جا رہی ہے۔

وہی عنوان

وہی عبارت

وہی سوال

چہرے مختلف ہیں۔ سوال وہی ہے۔

نٹ پاتھ پر سے گزرتی ہوئی بھیڑ کے ان گنت لوگ اس سوال کو پڑھتے ہیں لیکن کوئی ان کی طرف توجہ نہیں دیتا۔ شاید یہ سوال ہی ان معصوم فرشتوں کا مقدر ہے۔

شاید ان کے مقدر میں صرف سوال ہیں۔ جواب نہیں؟

∞

تیسرا چہرہ جُھمکو کا ہے

یہ چہرہ ابھی کچھ ہی ہفتوں سے دیکھنے لگا ہوں۔

پہلے یہ سانولا، روتا، بسورتا اور آنکھوں سے رستے پانی میں تر چہرہ میرے گھر سے بہت دُور ایک مسلم ایریا کی ایک جُھگی میں کئی دوسرے چہروں کے بڑے سے ڈھیر میں دبا پڑا تھا۔ ایک دن میری بیوی رتنا اُسے اس ڈھیر سے اٹھا کر اپنے گھر لے آئی اور لان میں اُگی سبز سبز گھاس پر بٹھا دیا۔

۳۰

بات کچھ اس طرح سے ہوئی۔

رتنا سماجی کام کرنے والی دوسری عورتوں کے ساتھ ایک دن اُن جھگیوں میں گئی تھی جہاں اُڑیسہ سے اچانک کئی خاندان بہت پریشانی اور بدحالی میں اس اتنے بڑے شہر میں آ گئے تھے۔ کچھ دن تو وہ لوگ ریلوے اسٹیشن کے باہری سگنل کے آس پاس ریل کی پٹریوں سے ذرا دُور خالی جگہ پر پڑے رہے اور پٹریوں میں گھوم گھوم کر انجن سے گرے ہوئے کوئلے کے ٹکڑے چُن چُن کر اور مختلف پلیٹ فارموں پر سے جھوٹی روٹیاں اکٹھی کر کے گزارہ کرتے رہے۔ لیکن بہت دن وہ اس طرح بھی نہ جی سکے۔ پولیس کے سپاہیوں نے انھیں اسٹیشن کے احاطے سے باہر نکال دیا اور دھکے دیتے ہوئے انھیں اس بُری طرح سے گالیاں دیں کہ اُن میں پھر اس طرف کا رُخ کرنے کی ہمت ہی نہ رہی۔ اور اس طرح یہ اُجڑے ہوئے بے سہارا لوگ بھٹکتے ہوئے ایک گندے نالے کے کنارے پہنچ گئے، جس میں شہر کے ایک بڑے حصّے کی غلاظت بہتی تھی۔ جب کوئی نئی تہذیب زندگی کی کروٹ لیتی ہے اسے سب سے پہلے کسی ندی یا دریا کے کناروں پر ہی سورج کی پہلی کرنوں کے درشن ہوتے ہیں۔ یہاں بھی انسانی زندگیوں کا ایک گروہ اپنے اُجڑے ہوئے کلچر کو نیا جیون دینے کے لیے مجبور کر دیا گیا تھا۔ کبھی کبھی کلچر شاید مجبوریوں کی کوکھ سے بھی جنم لیتے ہیں۔ کچھ اُکھڑے ہوئے لوگ ایک گندے نالے کے کنارے پر اپنی چھوٹی چھوٹی جھونپڑیاں بنانے میں لگ گئے۔ ان اُجڑے ہوئے لوگوں کو ایک بار پھر اپنے گاؤں کے قریب بہنے والے چھوٹے چھوٹے ندی نالے یاد آ گئے تھے، اور وہ کھیت یاد آ گئے تھے جن میں محنت مزدوری کر کے وہ اب تک اپنا پیٹ پالتے رہے تھے۔ اور وہ دھرتی اُنھیں ایک بار پھر یاد آ گئی تھی جس نے اپنی کوکھ سے پھوٹتا ہوا اناج انھیں دینا اچانک روک دیا تھا، اور ان پر جینے کے راستے بند کر دیے تھے۔ اور اس اجنبی، بے مروّت اور غیر مانوس ماحول میں یہ گندہ نالہ بھی

۳۱

یں شہر کے ایک حصے کا غلاظت بھرا پانی بدبو کی ایک گہری سیاہ لکیر کی طرح بہتا رہتا تھا، اُن کی نظروں میں اپنے مہربان گاؤں کا شفاف اور خوبصورت نالہ بن گیا تھا اور اس کے آس پاس نم آلود گندی مٹی کی خالی جگہ ان کے لیے دھرتی کا وہ ٹکڑا بن کر ان کی نظروں کے سامنے پھیل گئی تھی جو انھیں پناہ دینے کو تیار تھی۔ انھیں شاید کونارک مندر کے سورج دیوتا کے رتھ کے وہ بڑے بڑے پہیے یاد آ گئے تھے جن کی چھاؤں میں یہ چند اُکھڑے ہوئے خاندان تو کیا ایک بھری پُری تہذیب پناہ لے سکتی تھی اور اس طرح اس اتنے بڑے شہر میں جہاں بے حد اُونچی اونچی چمکتی ہوئی عمارتیں آسمان کو چھونے کی کوشش میں لگی تھیں دھرتی کی سب سے نچلی سطح پر کچھ عارضی قسم کی جھگیاں اُجڑے ہوئے لوگوں کے ایک قافلے کو سہارا دینے لگیں۔ بھوک، افلاس اور بدحالی نے انھیں دھرتی کے ایک کونے سے دھکے دے کر دوسرے کونے میں دھکیل دیا تھا۔ اسی طرح سے دھکے کھاتے ہوئے وہ اب تک زندگی گزارتے رہے تھے۔ اور دھکوں کی یہی پونجی وہ اپنی اولاد کی خالی جھولیوں میں ڈال کر اس میں اضافہ کرنے کے لیے مزید دھکے اکٹھے کر رہے تھے۔

جس دن رتنا اپنی ساتھیوں کے ساتھ پُرانے کپڑے اور کھانے کا کچھ سامان ان جھگیوں میں بانٹ کر آئی تھی۔ اُس دن وہ بے حد اُداس تھی۔

"آج مجھے آپ کی بات کا وشواس ہو گیا ہے۔" رتنا نے کہا تھا۔

"کس بات کا؟"

"یہی کہ نرک اور سورگ اسی دُنیا میں ہیں۔"

"چلو، ہماری کسی بات پر تو تمھیں یقین آیا۔" میں نے ہنستے ہوئے کہا تھا۔

"سچ، جن جھگیوں میں ہم آج جا کر آئی ہیں، وہیں نرک بستا ہے۔"

"کیا تھا وہاں؟"

"یہ پوچھیے کہ کیا نہیں تھا۔ گندگی، سڑاند، بھوک، بیماری سبھی کچھ تو تھا۔"

"لیکن تم لوگوں کے یوڈی کلون نے تو تمھاری حفاظت کی ہو گی؟"

"اُس سڑاند میں کوئی کسی کی رکھشا نہیں کر سکتا۔"

"بانٹ آئیں کپڑے اور کھانے کی چیزیں؟"

"ہاں! لیکن کوئی انت ہی نہیں بھوک اور غریبی کا۔ کہاں تک بانٹی جاسکتی ہیں یہ چیزیں آخر!"

اُس روز رتنا جسے فلاح اور بہبود کے کاموں میں جٹے رہنے کی سنک ہے۔ اتنی نااُمید اور بے حوصلہ ہوگئی تھی کہ اب اُسے یہ سب بے کار لگنے لگا تھا۔

"غربت، جہالت اور محرومی کے ڈھیر لگے ہیں ہر طرف۔ انھیں ہٹانا تو کسی کے بھی بس کی بات نہیں۔"

"بہت کچھ کیا جاسکتا ہے۔"

"کیسے کیا جاسکتا ہے؟" اس نے پوچھا تھا۔

"ان لوگوں میں یہ احساس جگا کر کہ وہ انسان ہیں اور اُنھیں بھی ایک اچھی زندگی گزارنے کا حق ہے۔"

"لیکن کون دے گا انھیں یہ حق؟"

"حق مانگا نہیں جاتا، چھینا جاتا ہے رتنا" میں نے کہا۔ شاید میں جذباتی ہوگیا تھا۔

"کیسے؟"

"جیسے سرمایہ دار اور اقتدار والے لوگ غریب اور کمزور لوگوں سے اُن کے خواب اُن کی اُمیدیں اور اُن کا مستقبل چھین لیتے ہیں۔ دھیرے دھیرے، بنا اُن کے جانے۔"

"بہت مشکل کام ہے۔"

"لیکن یہی ایک طریقہ ہے۔ پھٹے پرانے کپڑے اور فیکٹریوں سے باہر پھینکے ہوئے بیکار بسکٹ اور باسی ڈبل روٹیاں بانٹنے سے کچھ نہیں ہوگا۔ اس طرح کبھی کچھ نہیں ہوا۔"

"تو کیسے ہوسکتا ہے کچھ؟"

"پھر کبھی بتاؤں گا۔ شاید مجھے بتانے کی ضرورت بھی نہ پڑے۔ شاید تم خود ہی جان جاؤ۔"

اور ایک دن مجھے لگا کہ رتنا خود ہی بہت کچھ جان گئی تھی۔

ابھی کچھ ہفتے پہلے جب میں شام کو دفتر سے لوٹا تو رتنا لان میں بیٹھی ایک کالی

۳۳

کلوٹی بسورتی ہوئی لڑکی سے باتیں کرنے کی کوشش کر رہی تھی، اور اس لڑکی کے قریب میرے دونوں بچے ٹنو اور منو بھی بیٹھے تھے۔ مجھے دیکھ کر رتنا مسکرائی اور بولی۔

"آپ کے لیے تحفہ لائی ہوں۔"

"جنم دن کا تحفہ؟"

"ہاں۔" اور یہ کہہ کر اُس نے ایک کالی سی کمزور اور بسورتی ہوئی بچی کو سبز سبز گھاس سے اٹھا کر مجھے سونپ دیا۔ میں ایک دم بھونچکا رہ گیا۔

اُس دن میرا جنم دن تھا۔

اندر ڈرائنگ روم میں میز پر میرے جنم دن کا کیک پڑا تھا اور کھانے کی دوسری چیزیں رکھی تھیں۔ اور میرے دونوں بچے ٹنو اور منو باہر لان میں بیٹھے اس وقت سب کچھ بھولے ہوئے تھے۔

میں نے غیر ارادی طور پر اُس اجنبی سانولی سی لڑکی کو اپنے ساتھ لگا لیا۔

"بچوں نے تو اس کا نام بھی رکھ دیا ہے۔" رتنا بولی۔

"کیا نام رکھا ہے بھائی؟"

میں نے ٹنو اور منو سے پوچھا۔

"جھمکو!" وہ دونوں چلائے اور گھاس سے اُٹھ کر میرے ساتھ لپٹ گئے۔

"اچھا نام ہے۔" میں نے تینوں بچوں کو اپنی باہوں کے گھیرے میں لیتے ہوئے کہا۔

اور اس طرح جھگیوں کی ایک گندی بستی سے ایک ہی قسم کے درجنوں چہروں کے ڈھیر سے نکالا گیا ایک بے ڈول چہرہ، رتنا نے میرے جنم دن پر مجھے سونپ دیا تھا۔ رتنا ہر سال جنم دن پر مجھے کچھ نہ کچھ بھینٹ کرتی ہے۔ اس سال جانے اُسے کیا سوجھی تھی کہ وہ میرے لیے ایک عجیب و غریب قسم کا تحفہ لے آئی تھی جو تحفہ نہیں تھا بلکہ ایک سماجی ذمہ داری تھی۔ اس نے جانے کیسے ایک انجانے علاقے سے آئے اجنبی لوگوں کے کسی انجانے ماں باپ کی ذمے داری کو اپنی ذمہ داری بنا کر اپنے آپ کو، مجھے اور میرے

بچوں کو اس سے وابستہ کر دیا تھا۔

جنم دن کا کیک کٹ چکا تو جھمکو کچھ لمحوں کی ہچکچاہٹ کے بعد اس طرح کھانے پر ٹوٹی جیسے کئی دن کی بھوکی ہو۔ اور جب وہ پیٹ بھر کر کھا چکی اور ایک چمکتی ہوئی پیالی سے ڈرتے ڈرتے چائے پی چکی تو اُس کے ہونٹوں پر مسکراہٹ آگئی۔

یہ پہلی مسکراہٹ تھی جو میرے گھر میں سورج کی پہلی کرن کی طرح پھوٹی تھی جس دبے دبے انداز میں جھمکو میرے گھر میں مسکرائی تھی اُس میں اطمینان تسلی اور بھرے ہوئے پیٹ کی تسکین تھی۔

پیٹ بھرا ہو تو چہرے پر پھیلی مُسکراہٹ بھی ایک دم بھری ہوئی ہوتی ہے۔ خالی خالی مجبور، بے بس اور شکست خوردہ مسکراہٹ نہیں۔ مَیں نے بھکاریوں کے کشکول کی طرح خالی مسکراہٹیں بھی دیکھی ہیں۔ اور بڑے بڑے مالدار ٹھیکیداروں اور تاجروں کی اشرفیوں سے بھری مسکراہٹوں کا بھی مجھے تجربہ ہے۔ دونوں مسکراہٹوں میں وہی فرق ہے جو فرق دونوں طبقوں کے نمائندوں میں ہے۔ وہی فرق جو زمین کی نچائیوں اور آسمان کی بلندیوں میں ہے۔ اس لمحے جو مُسکراہٹ جھمکو کے چہرے پر تھی اس میں زمین کی نچائیاں اور آسمان کی بلندیاں آپس میں مدغم ہو رہی تھیں میں نے دل ہی دل میں آرزو کی کہ کاش اُس معصوم سانولے چہرے پر پھیلی مُسکراہٹ کو ابدیت مل جائے۔

رتنا نے جُھمکو کا بستر بھی ٹنو اور منو کے کمرے میں لگا دیا۔ دونوں بچے کھانا کھا چکنے کے بعد رات کو دیر تک جھمکو سے گپیں لڑاتے رہے، اس لیے بہت دیر میں سوئے۔ اگلی صبح ٹنو اور منو تو وقت سے جاگ گئے لیکن جھمکو بہت دیر تک سوتی رہی۔ شاید زندگی میں اُسے پہلی بار اتنے اچھے بستر پر سونا نصیب ہوا تھا۔ نرم نرم بستر پر اور بند کمرے کے محفوظ ماحول میں۔ اس لیے وہ جلدی نہیں جاگی۔ ٹنو اور منو کے بار بار کہنے کے باوجود رتنا نے اُسے نہ جگایا۔ وہ جاگی تو بھی بستر میں پڑی رہی۔ شاید اُس راحت کو چکھ رہی تھی جو پہلی بار اُسے ملی تھی۔ راحت اور آرام کا ذائقہ بڑا پُر لطف ہوتا ہے۔ اس کا اندازہ صرف وہی لگا سکتے ہیں جو اس سے محروم ہوں جن لوگوں کو نعمتیں میسر ہیں انھیں تو اس کا ذائقہ یاد بھی نہیں رہتا۔ بلکہ ایک وقت

۳۵

ویسا بھی آجاتا ہے جب یہ ذائقہ انھیں پھیکا لگنے لگتا ہے اور اُسے بدلنے کے لیے وہ اپنے نرم نرم گدّے دار بستروں کو چھوڑ کر سخت قسم کے پلنگ استعمال کرنے لگتے ہیں۔

میرے گھر میں جھمکو کی پہلی صبح اُس کے لیے بڑی سکون دہ تھی۔

لیکن دوسری دن کے بعد اُس نے واپس اپنی جھگیوں میں جانے کی رٹ لگانا شروع کردی۔ رتنا کے بار بار سمجھانے پر بھی اُس پر کوئی اثر نہ ہوا۔ اُس کے چہرے کی مسکراہٹ کا رنگ بدل گیا۔ اُس کی آنکھوں میں اچانک جو پیاری سی چمک آگئی تھی وہ غائب ہونے لگی۔ اس نے پھر بسورنا اور رونا شروع کر دیا۔

"مجھے میری ماں کے پاس لے چلو۔" بس اُس کا یہی تقاضا تھا۔

دو تین دن تو رتنا اُسے ٹالتی رہی۔ لیکن پھر اُسے انہی جھگیوں میں لے گئی جہاں سے وہ اُسے لائی تھی۔ اُس گندی بستی میں داخل ہوتے ہی بچّوں کی ٹولی نے اُسے گھیر لیا اور جب وہ اپنی ماں سے لپٹ کر پھوٹ پھوٹ کر رو دی تو رتنا کو لگا جیسے جھمکو پچھلے پانچ دنوں میں کہیں کھوئی رہی تھی، اور اب واپس ٹھکانے پر آئی تھی۔ اور اسی لیے اُس کا ردِ عمل کچھ اس طرح کا تھا۔

رتنا اُس بستی سے اکیلی ہی لوٹی۔ جھمکو اُس کے ساتھ نہیں آئی تھی۔

"جھمکو کہاں ہے ممّی؟" منّو اور مُنّو نے رتنا سے پوچھا۔

"وہ اپنی ممّی کے پاس ہے۔"

"اُسے ساتھ کیوں نہیں لائیں؟"

"اس نے آنے سے انکار کر دیا تھا۔" رتنا نے جواب دیا۔

"کیوں انکار کر دیا جھمکو نے؟" مَیں نے پوچھا۔

"وہ اپنی ماں کو چھوڑ کر نہیں آنا چاہتی۔"

"تم نے اس کی ماں سے بات کی؟"

"کی تھی۔ اُس نے کہا ہے دو چار دن میں وہ اُسے بھیج دے گی۔"

"رتنا اُن لوگوں کے حالات نے انھیں جس طرح کے ماحول میں کھپا دیا ہے، وہ اُسے چھوڑنے کو تیار نہیں ہوتے۔"

"مگر کیوں؟"

"وہ اُس ماحول میں اور اپنے طرح کے لوگوں میں اپنے آپ کو زیادہ محفوظ محسوس کرتے ہیں۔"

"تو کیا ان پچھڑے ہوئے لوگوں کو اُن کے گندے، غیر صحت مند اور گھٹیا ماحول سے کبھی نہیں نکالا جا سکتا؟"

"نکالا جا سکتا ہے۔ لیکن اُکھاڑ کر نہیں۔"

"اور کس طرح؟"

"دھیرے دھیرے ماحول کو بدل کر۔"

"وہ ماحول تو نہیں بدلے گا۔"

"تو وہ لوگ بھی کبھی بہتر زندگیوں کا تصور نہیں کر سکیں گے۔"

"آپ کا خیال ہے اب جھمکو ہمارے یہاں نہیں آئے گی؟"

"آ بھی گئی تو اُس کی زندگی کی جڑیں گندے نالے کی اُسی دھرتی میں گڑی رہیں گی جہاں وہ کونپل بن کر پھوٹی تھی۔ وہ بڑھے اور پھولے تو چاہے تمھارے ہی گھر میں لیکن اُس کی جڑوں کو خوراک وہی گندہ نالہ دے گا جس کے پانی میں تمام شہر کی غلاظت گھلی ہے۔"

سات دن کے بعد رتنا ٹنو اور مُنو کو ساتھ لے کر دوبارہ اُن جھگیوں میں گئی۔ بچے خود وہاں جا کر جھمکو کو ساتھ لانے کے لیے ضد کرنے لگے تھے۔

رتنا نے واپس آ کر بڑی رونکھی آواز میں کہا۔

"جھمکو بستی کے بچوں کے ساتھ کھیل رہی تھی۔ جو کپڑے میں نے اُسے دیے تھے وہ کیچڑ اور مٹی سے بُری طرح لت پت تھے۔ وہ ایک دم ویسی ہی ہو گئی تھی جیسے وہ یہاں آنے سے پہلے تھی۔"

"اُس نے تمھیں پہچانا یا نہیں؟"

"پہچان تو لیا۔" رتنا نے رُک کر کہا۔ "لیکن ہمیں دیکھ کر وہ خوش نہیں ہوئی۔"

"ٹنو اور مُنو سے مل کر بھی خوش نہیں ہوئی؟"

"کوئی زیادہ نہیں۔ میں نے اُس کا نام لے کر پکارا تو بستی کے بچے حیرت سے میری طرف دیکھنے لگے۔

۳۷

"اس کا نام پپو ہے، جھمکو نہیں۔" یہ کہہ کر بچوں نے قہقہے لگانے شروع کر دیے۔

"پھر؟"

"ٹنو اور منو ڈر گئے تھے۔ دونوں میرے ساتھ لگ کر کھڑے ہو گئے۔"

"پھر کیا ہوا؟"

"جھمکو بچوں کے گروہ سے بھاگ کر اپنی جھونپڑی کی طرف چلی گئی۔"

"اور ٹنو منو نے کیا کیا؟"

"یہ دونوں واپس جانے کے لیے ضد کرنے لگے۔"

"تمھیں بچوں کو ساتھ لے کر وہاں جانا ہی نہیں چاہیے تھا۔"

"آپ ٹھیک کہتے ہیں۔"

"تمھیں تو یہ سب بڑا عجیب لگا ہوگا!"

"ہاں۔ پھر میں جھمکو کی جھونپڑی میں گئی، اور اس کی ماں سے اُسے ہمارے ساتھ بھیجنے کو کہا لیکن وہ راضی نہ ہوئی۔"

"کیوں؟"

"اُس کا خیال تھا کہ ہمارے پاس رہ کر اُس کی لڑکی بگڑ جائے گی۔"

"تم نے کہا نہیں کہ ہم اُسے سکول میں داخل کرانا چاہتے تھے، اُسے تعلیم دلوانا چاہتے تھے۔ اُسے بگاڑنا نہیں بلکہ سنوارنا چاہتے تھے۔"

"بہت کچھ کہا۔"

"کیا نتیجہ نکلا؟"

"بہت سمجھانے کے بعد آخر وہ مان گئی۔ وہ اُسے خود ہمارے گھر چھوڑ جائے گی۔"

میں نے رتنا کی بات خاموشی سے سُن لی۔ اپنی طرف سے کچھ نہ کہا لیکن رتنا بہت بے حوصلہ ہو گئی تھی۔ وہ ٹنو اور منو کے کمرے میں جا کر دیر تک چپ چاپ بیٹھی رہی۔ اس کے بعد رتنا سے میری کوئی بات نہ ہوئی۔

اگلے دن اتوار تھا۔

۳۸

دو ہفتے کے بعد جھمکو کی ماں اُسے ساتھ لے کر آ گئی۔ اس کے ساتھ اُس کے دو لڑکے بھی تھے۔ رتنا جھمکو کو دیکھ کر بہت خوش ہوئی۔ ٹنو اور منو بھی خوش ہو گئے۔ اور دونوں اُس کا ہاتھ پکڑ کر مسکرانے لگے۔ لیکن جھمکو ایک دم خاموش اور سنجیدہ تھی۔

"بی بی جی۔ پلّو کو دو تین بعد ایک بار بستی میں ضرور بھیج دینا نہیں تو یہ اُداس ہو جائے گی۔"

"بھیج دیا کروں گی۔"

رتنا نے جھمکو کی ماں کو کچھ استعمال شدہ سوتی ساڑھیاں دیں اور ٹنو اور منو کے استعمال شدہ کپڑے جھمکو کے چھوٹے بھائیوں کے لیے دیے۔ جھمکو کی ماں خوش ہو گئی۔ رتنا نے دونوں بچوں کو اور جھمکو کو کھانے کے لیے مٹھائی اور پھل بھی دیے اور اس طرح رتنا نے گندے نالے پر بنی کچی جھونپڑیوں اور اپنے پکے اور کھلے مکان کے درمیان انسانی رشتوں کا ایک پُل تعمیر کر دیا۔

سوچتا ہوں کہ انسانی رشتوں کا یہ پُل تو صرف ایک جھونپڑی اور ایک پکے مکان کو جوڑتا ہے لیکن اس چھوٹے سے پُل کی آخر کیا اہمیت ہو گی؟ سماج کے دو طبقوں کو جوڑنے کے لیے تو ایک بہت بڑے اور مضبوط پُل کی ضرورت ہے۔ سماج کے دو مختلف جزیروں کے بالکل متضاد تقاضے ہیں۔ ایک جزیرہ تو ایک بھری پُری دُنیا ہے جس میں بڑے اور خوش حال اور مہذب لوگ بستے ہیں جنھیں زندگی کی سبھی سہولتیں میسّر ہیں اور دوسرا جزیرہ سنسان اور ویران پہاڑیوں کا ایک طویل سلسلہ ہے جس میں کروڑوں بے سہارا اور بے گھر لوگ جا بجا بکھرے پڑے ہیں اور انھیں زندگی کی بنیادی سہولتیں بھی میسّر نہیں۔ سوائے گرم ہواؤں اور تیز طوفانوں کے اُن کے پاس کچھ بھی نہیں۔ ان دونوں جزیروں کے درمیان اتنا بڑا اور مضبوط پُل کون بنائے گا؟

جھمکو کو رتنا نے سکول میں داخل کرا دیا ہے۔

داخلے کے رجسٹر میں اُس کے باپ کا نام درج ہے اور اس نام کے ساتھ وہ سب کچھ چھپا ہوا ہے جسے رتنا جھمکو کی زندگی سے کھرچ کھرچ کر اُتارنا چاہتی ہے۔

ہر صبح ٹنو اور منو کے ساتھ جھمکو بھی تیار ہو کر سکول جاتی ہے۔ اُسے پڑھائی لکھائی میں بالکل کوئی دلچسپی نہیں۔ وہ گھر آ کر اپنا کتابوں کا بیگ اِدھر اُدھر ڈال دیتی ہے۔ سکول میں بھی وہ اپنی عمر کے بچوں کے ساتھ لڑتی جھگڑتی رہتی ہے۔ گھر میں بھی ٹنو اور منو کے ساتھ اُس کا جھگڑا

ہوتا ہے۔ وہ ہفتے میں دو بار اپنی ماں اور چھوٹے بھائیوں سے ملنے چلی جاتی ہے۔ اتوار کا تو سارا دن وہ اپنی بستی میں گزارتی ہے اور جب شام کو اُس کی ماں اُسے ہمارے گھر چھوڑ جاتی ہے تو وہ بہت خوش نہیں ہوتی۔ اُس کی ماں اور اُس کی جھونپڑی کا جو رشتہ ہمارے گھر سے بنا ہے شاید اُس کی بنیاد اقتصادی ہے، سماجی اور جذباتی نہیں۔ جھمکو کی ماں یہ رشتہ اس لیے قائم رکھنا چاہتی ہے کہ اس سے اُس کا اقتصادی مسئلہ کچھ نہ کچھ حد تک حل ہو رہا ہے۔ تو یہ حل مکمّل کہاں ہوا؟ یہ تو ایک دم بناوٹی حل ہے۔ اس سے تو اُس طبقے کی کسی بھی سمسیا کا دائمی حل نہیں ہو سکتا۔ جس طبقہ سے جھمکو اور اُس کی ماں اور اُس کا باپ اور اُس کے بھائی تعلق رکھتے ہیں اور جس طبقے سے ان کی طرح کروڑوں دوسرے لوگوں کا سمبندھ ہے۔

جھمکو کے طبقے کے مسئلوں کا حل یہ نہیں ہے۔

یہ تو کچھ اسی قسم کی بات ہے جیسے کوئی کنبہ یتیم خانے سے کسی بچّے کو اٹھا کر لے آئے اور اُسے ایڈاپٹ کر لے۔ اس سے تو صرف ایک یتیم بچّے کے مسئلے کا حل ہوا۔ وہ جو ہزاروں یتیم بچّے یتیم گھروں میں پڑے ہیں اُن کا کیا ہوگا؟ کیا کوئی ایسی صورت ہے کہ یتیم گھروں کے پھاٹک کھول دیے جائیں اور ان لاکھوں بچوں کے استقبال کے لیے لاکھوں لوگ اپنی مسکراہٹیں لیے کھڑے ہوں۔ ایک ایک خاندان اُن میں سے ایک ایک کو اپنا بچّہ بنا کر لے جائے اور ان کی زندگیوں کی تمام ذمّے داری خوشی سے اپنے ذمّے لے لے؟ لیکن ایسا کیوں ہوگا؟

یہ سینکڑوں یتیم خانے کہاں اُجڑیں گے؟

یہ لاکھوں یتیم بچّے کب اُس محبّت کو پا سکیں گے جس سے اُن کے دن رات محروم ہیں؟

اب جھمکو ہمارے گھر کا ایک فرد بن چکی ہے۔

وہ ہمارے ساتھ کھاتی پیتی ہے۔ ہمارے بچّوں کے ساتھ رہتی ہے۔ ہم اسے وہ سبھی سہولتیں دے رہے ہیں جو ہمارے بچّوں کو مل رہی ہیں۔ وہ خوش بھی ہے۔ دھیرے دھیرے اپنے آپ کو اس نئے ماحول میں ڈھال بھی رہی ہے۔

لیکن جب اتوار کو وہ گندے ملبے کی سڑاندھ بھری بستی میں تمام دن گزار کر واپس ہمارے گھر میں آتی ہے تو مجھے لگتا ہے کہ رتنا اور میں ہفتہ بھر اُس کی شخصیت سے چمٹی جس غلاظت کو اتارتے

رہے ہیں، وہ اُسی میں ڈوب کر واپس آگئی ہے۔ اس کے لیے جتنی محنت ہم لوگ چھ دن کرتے رہتے ہیں وہ ایک ہی دن میں اُسے غارت کر ڈالتی ہے۔ جب اتوار کو وہ شام کے وقت اپنی ماں کے ساتھ لوٹتی ہے تو مجھے لگتا ہے کہ اُس کے چہرے پر پھر اُسی سوال کی تحریر اُسی شوخی سے اُبھر آئی ہے جس سوال کو میں نے اُس دن اُس کے چہرے پر پڑھا تھا جس دن رتنا پہلی بار اُسے درجنوں بچّوں کے ڈھیر سے اُٹھا کر اپنے گھر لے آئی تھی۔

ایک دم وہی سوال!

شوخ لفظوں میں لکھی وہی عبارت!

ایسی عبارت جو شام کے دھندلکے میں بھی اپنی شوخی اور خاموشی سے جھلتی رہتی ہے۔

کئی دنوں سے میں یہی تین چہرے ہر روز دیکھ رہا ہوں۔

صبح سے شام تک۔

شام سے گئی رات تک!

ان تینوں چہروں پر کسی بے نام زبان میں ایک ہی سوال لکھا ہے۔

کئی دنوں سے میں ہر روز دن میں کئی بار اس سوال کی تحریر کو پڑھتا ہوں۔ لگتا ہے یہ تینوں معصوم، اَن‌چھوا اور پُر خلوص چہرے مجھ سے، میرے جیسے لاکھوں دوسرے لوگوں سے اور اپنے ماحول اور سماج سے اپنے سوال کا جواب مانگ رہے ہیں۔

اور کوئی انھیں اُن کے سوال کا جواب نہیں دیتا۔

نہ مَیں، نہ مجھ جیسا کوئی اور

نہ اُن کا ماحول، نہ اُن کا سماج۔

کیا یہ خاموش سوال ایک سُلگتی ہوئی لہر کی طرح اُن کے معصوم، شفاف ہاتھوں کو جھلستا ہی رہے گا؟ کیا کوئی اُن کے سوال کا جواب نہ دے سکے گا؟

کوئی شخص!

کوئی حکومت!

کوئی سماج! —— کوئی خدا!!

○○